句集

山河健在

Kojima Ken

小島健

角川書店

句集・山河健在

目次

第一章　星……005
第二章　草……045
第三章　鳥……085
第四章　山……123
第五章　海……159
あとがき……195
季語索引……196

装丁・吉原敏文
本文デザイン・ベター・デイズ

句集

山河健在

第一章

星

日本の屋根美しき初詣

夕されば常のこゑなり初鴉

買初や弾力強き筆選び

目隠しの眼がさまよへり福笑ひ

白鳥のこゑを汚して餌を欲りぬ

みちのくの地吹雪月を呑みにけり

韓《から》国《くに》の酒の濁りも霜夜かな

旅人に海くろぐろと虎落笛

夕星や鯨ぶつかる音したり

ふるさとに叱られに来ぬ雪起し

父と子の会話濃くなる霜夜かな

豆餅をふうふう吹いて妻の国

道行きのごとく三寒四温かな

薄紙の中の紅菓子春の雪

はまぐりの肉の中より白き蟹
建国日海鼠の足を誰か見たか

やはらかき土に踏み込む梅見かな

流木を焚く火の色や鳥帰る

沖円く見えてさびしき春の鷹

男らは手ぶらが好きよ野に遊ぶ

午後からのしづかな雨や菜飯食べ

酒飲まぬ日を大切に目刺食ぶ

今日巡る花の山見て蕨飯

蔵王堂の鐘の音より花吹雪

花どきの枕頭にあり山家集
西行のこゑの暮れゆく花明り

七星の濡れてをりけり花の山
やはらかき草を這ひゆく花吹雪

妻入れてより輝けり糸桜

昭和の日空壜吹けばボーと鳴る

さみどりの蜘蛛透きとほる立夏かな

座敷より柩を出だす柿若葉

各々の谺にみどりさしにけり

今年竹伸びきはまりて一つ星

ひとときは激しく鳴いて巣立鳥

林立の漁船アンテナ夏めけり

角川照子先生

草木に亡き人のこゑ青あらし

日蝕の始めそよげり青芒

世に疎き男海月に刺されたり
クーラーを友とし敵としてをりぬ

会ふたびにその香水の名を忘れ
鉄鍋を鮑這ひ出づやるまいぞ

月光に張り付いてゐる守宮かな

直立の八月またも来りけり

草々の靡きやすくて秋のこゑ

鳥につき渚歩めり秋初め

家持の詠みたる珠洲の月に酌む

島七つ誰もが数へ秋日和

掘り上げし山芋の髯褒められぬ

父と見しサーカスありぬ草の花

悼

かりがねや淡海に高く風韻《ひび》き

月の雁淡海は蒼き詩の器

振り返る顔のやさしき秋の暮

よろづ屋のシャベルを束に冬用意

波郷忌の夕べ澄みくる楢林

甲斐と諏訪結ぶあたりの冬霞

枯桑の瘤を過ぎゆく光かな

餺飥を吹けば輝く冬の山

冬ざれの影を持たざる河原石
リア王の嘆き枯野の奥に聞け

冬眠のさぞ美しき蛇の舌

猪鍋や黒々と山のしかかり

猪食つてにはかに真闇来りけり

更けてよりそろと吉野の濁り酒

山中の音にはじまる初時雨

お逮夜の生者へ焚火爆ぜにけり

夕ぐれは過客のこころ冬の水

勤勉な我が居るなり冬泉

流れ着くものをまたいで都鳥

元寇の島の石垣冬うらら

暮れ早し対馬山猫出るころぞ

石蕗の花明りを辿り曾良の墓

行く年の水音いつか身を流れ

第二章

草

法師らと恋の歌留多を争へり

これはまた成人の日の吾子の髭

凍蝶の歩き尽せぬ日向かな

春近し葎の嵩のなほも減り

水仙のかたまつてゐる日差しかな

海牛の角紫に春立てり

立春やゆつくり夜の色となり

止り木に旅を飢ゑをり西行忌

風音に暮色はじまる芹の水

慈雨滲みて眠り足りたる春の山

紅梅や空を流るる水のいろ

手をすべり落つる重みの蝌蚪の紐

東日本大震災

余震なほみちのく春を吹雪きけり

龍天に登るにんげん火を焚けり

行く雁やささくれ立ちし地震の空

龍太大人手製の箒春日さす

三百年旧家につかへ松の芯

水底に日を入れてより蜷の道

春の蠅少し歩けば憎からず
少年に雄ごころ育つ松の芯

うつくしく火を焚く僧や春のくれ

年々に花の匂ひを濃くしたり

花吹雪すなはち詩歌ふぶきけり
遠くまでけぶりて雨の桜かな

春雨や灯の揃ひたる神楽坂

あたたかや石臼縁の下を出で

浮苗をなほす大股夕日影

今年竹激しき雨を喜びぬ

山椒の葉を嚙み当てぬ冷し汁

駄菓子屋の日除いつもの婆がをり

蠛蠓を突つ切つて来る子どもたち

あらくさの蔓の遊べる梅雨月夜

よき風のあをく暮れゆく冷し酒

草笛に浅間山《あさま》は雲を脱ぎにけり

シャルドネのしづかに育つ雲の峰

白樺の薪山積みに大夏炉

蜂の子を食べて銀河を帰りけり

白樺の幹のささくれ晩夏光

にんげんを笑ひかへして羽抜鶏

夕ぐれは別の水音花菖蒲

舟虫にその距離確と測られぬ

鮎食べに涼しき橋を渡りをり

川波の飛沫にこゑや夏料理

村上護氏

篠竹に涼風の来て人逝ける

台風の雲の速さよ満月よ

さ牡鹿の入野にこゑをととのふる

月の出や棘ある草をやはらかく

灯の入りてより手をつなぎ地蔵盆

天高し少し猥らに地曳唄

南無零余子こぼれて土に還りけり

蟷螂を摑み少年輪に戻る

島々は津波に痩せて昼の虫

塩害に伐らるる杉も秋の風

日を吸うて荒地野菊や七ヶ浜

重なりし鳥の足あと秋の浜
浜菊の茎の強さを恃みとす

馬追のあをあをと鳴き夜がくる

竹に降る雨うつくしや新豆腐

曼珠沙華秩父事件を知らないか
秋爽の風のきれいな神の山

先がけの綿虫青き瀞の上

夕雨に消ゆるしはぶき官庁街

動く歩道下りてつまづく寒さかな

干蒲団打つて日本の午後となる

波郷忌といへば綿虫深大寺

武蔵野やあをき草嚙み初氷

風向きの固まつてゐる冬芒

一瀑の一刀となり冬の山

青空にずぶと踏込み蓮根掘

枯紫蘇を撫づれば香り返しくる

冬銀河時間の砂を零しをり

ぽと開く埴輪の口よ冬うらら

捨てられぬ本動かして年の暮

第三章

鳥

いづくにも和紙の白さやお正月

妻と買ふ花びら餅よ細雪

あらぎを含《ふふ》めば飛騨に雪来るか

裏山に雪の来てをり朴葉味噌

赤蕪に雪の飛びつく飛騨訛

雪になる雨を聞きをり蕪蒸

あをあをと雪の翳踏む雪月夜

ふつくらと豆煮あがりぬ夜の雪

水仙花遠き日月澄みきたる

少年をたくさん招き雛祭

若布刈舟長棹とんと岩を突き
刈竿を若布の上に舟帰る

龍太忌の高きを辛夷芽吹きけり

春の月地震の光陰したたらす

三月の蝶海光を背負ひ来ぬ

蟻穴を出でて瓦礫の山登る

波音のかがやいてをり白魚飯

ギリシャ船沖に動きて青き踏む

東京・小平霊園　角川家墓所

遺されし顔集ひたる桜かな

大勢でお墓たづねてあたたかし

大仏の胸の広さよ松の芯

彫像の筋肉溢れ百千鳥

鳥ごゑの影に遅るる春障子

春宵の金箔浮かぶ加賀の酒

立山を浮かせる青田一揆の碑

冷し酒旅の日暮れを惜しみをり

土砂降りの泥の中なる蟇の恋

今年竹叩くやおうと揺れ返す

鷭の子のまたも浮葉を踏み外す

尺蠖に測られてゐる器量かな

追はれたる鶏の突つ込む麦畑

玉響の御岳の夕日冷し酒

沢蟹の浮いて走れり青嵐

青蜥蜴石を冷たくしてゐたり

日の中に蜥蜴の喉の皺ふるふ

黒蟻の畳を這へる葬りかな

真夏日のどかどかと来ぬ九段坂

ペリカンの水嚙みこぼす大暑かな

しばらくは夕日を吊し釣忍

青大将捕へし網のうねりかな

稲雀弥彦《やひこ》山へ夕日散らしけり

しまりなき音の交じりて威銃

稲の穂のふくらみ指が覚えをり

夕風のあをく流れて糸瓜棚

月の出や風止み草木潤へり

種茄子の尻の貫禄地に遊ぶ

蟷螂は腹を重たく飛びにけり

昼酒の長くなりたり走り蕎麦

人攫ふごと戸隠の霧早し

秋の日の襞を深むる樫櫟

白樺の細りゆくなり暮の秋
ざりがにの骸を白く秋の風

秋風の吹き細めたり鷺の脛《はぎ》

鹿の眸《め》の濡れて歌人恋ひにけり

綿虫に青き夕ぐれ深大寺

日の当たる畳を舐めて冬の蠅

次々と着地の田鶴のはづみけり

見張り鶴ややうやく餌を啄めり

鳴き交はす鍋鶴暮色早めたり

鶴唳の塒を月ののぼりけり

何ぞ飛び来る鮟鱇の吊し切り

酢海鼠の青光りして夜に入りぬ

花街の灯の入りばなを初時雨

まつさきに鳥ごゑ暮れて冬至かな

飛び上がる柚子また沈め冬至風呂

雪山へ響く新嘗祭の笙

くらがりの神事は進む冬の禽
雪嶺の呼び合うてよりまかがやく

雪の嶺々奥のもつとも輝けり

水のごと砂のごとくに年逝ける

第四章

山

初鶏の長鳴き越後一宮

朝市のまづは新雪踏み均す

岳父逝く

雪晴の中へ柩の浮きにけり

白鳥の柩の上を鳴き交はす

喪の家の鶏の駆けだす雪起し

白鳥の雪に紛れぬ声発す

山焼くは父焼くごとし大いなる
白鳥の引いて冷え込む湖のいろ

うすらひのあをざめて日に流れをり
熊笹のまた跳ね上がり木の根明く

雪解川激して夜の迫りけり

龍太忌の日の強くさす竹箒

春暁や鴉のあとを雀鳴き

雀らのこゑよくまろび春障子

月へ飛ぶ恋猫の胴伸びにけり

初つばめ地に生ゆるものの柔らかく

春の鴨家鴨の餌を食つてをり

ランナーに畦火の煙なびきけり

大地震に破《や》れし城垣囀れり

幹に噴く花こそよけれ老桜

満開の湿り白れん紫木蓮

生者には晩年のあり蜆汁

はつ夏の大橋くぐる鷗かな

若竹の斜めに伸びてぶつかれり

緑蔭に入りて賢き顔となる

緑蔭の卓布をぴんと白ワイン

夕ぐれは魚よく跳ぬる夏柳

夏草の襲ひてきたり夜の道

玉虫のごと褒めらるる死後ありや

ちらと読む母の日記の土用干

手花火に浮く一族の鼻の形

街音の混じりてゐたり作り滝

雷の落ちたる後の真の闇

雨脚は太きがよろし冷し酒

病む人へ切なく湧きて夏の雲
なつかしきこと多くなり夜の秋

刈られたる草の香強し盆の道

同姓の墓の大小秋暑し

兄妹のほどよき距離よ鳳仙花

青墨を磨つて残暑に抗へり

叱られて庭に出づる子杜鵑草

うすうすと貧乏蔓花得たり

夕方は草木膨らみ処暑の風

新涼や知らぬ赤子を妻あやし

寝そびれて芭蕉の雨を聞いてをり

鐘の音にこぼるる山の零余子かな

野に山に兎走らす今日の月

天草の蛸飯旨し秋日和

台風過絵踏みの村に星溢れ

客待ちの貸馬肥ゆる草千里

黒牛の胴の輝く芒原

日の当たる草を潜りぬ秋の蝶

冬瓜汁淡きまじはりこそよけれ

猪垣の二重に結ひて奥吉野

秋冷の川音来る石鼎庵

猿酒を飲んで山賊踊りかな

斑鳩の里の田けむり柿日和

角切られたる鹿二頭闘へり

神鹿の糞こぼしつつ餌を欲れり

薄き斑を日にあたたむる冬の鹿

亀石の瞼の厚き冬田道

波郷忌や大榾焚いて我ら酌む

綿虫の翅透き通る綿の上

梟の首が回れば顔戻る

縄跳びの大波に入る夕日かな

大鍋の鱈汁噴けり日本海

牡蠣啜り心身やはらかくなりぬ

第五章

海

年酒酌む李白も杜甫も来りけり

ごく小さき社に妻と初詣

繭玉の店の奥にもしだれをり

崖氷柱厚きところの青まさり

除雪車の吹雪を照射して進む

日の暮れは道細くなる西行忌

春の夜や紫強き海胆の棘

柵《しがらみ》に水の揉み合ひ春寒し

白魚の眼玉最も泳ぎけり

あたたかや白く癒えたる鯉の傷

初桜真白き名刺交はしたり

朧夜や明日食はるる貝のこゑ

クローバー坐せば冷たさ広ごりぬ

揚雲雀空の奥にも空のあり

野に置いてきし摘草の一握り

野遊びの終ひは大き月上げぬ

濃き墨に少し水足す春の月

春めくや立飲み酒場早や灯り

打水の走り出したり神楽坂

やはらかに風の押し出す巣立鳥

子燕のこの世終りと餌を欲りぬ

今年竹青き抜身をしたたらす

涼しさや竹の器の京野菜

蚯蚓棄て葵祭の始まりぬ

夏燕明るき雨をかいくぐり

鏡中に夕立の来る祇園かな

峠淋しや一本の桐の花

黒豆の花よ丹波の山の影

蚊帳吊草裂けば涼しく匂ふなり
釣人に声かけ夏の山に入る

あをあをと山のかぶさる洗ひ鯉

緑蔭を影新しく出でにけり

ややありて砂のこぼるる蟻地獄

万緑や隠岐牛太き糞なせり

夏の霧馬の睫毛のぬれてゆく

くらげくらげ海を絞りてくつがへり

しばらくはつき来る島の羽抜鶏

漁火を借景として冷し酒

夏暁の漁火淡くかたまりぬ

草の実の妻に飛びつくこと許す

稲の花空は朝より青きまま

ふるさとの人老いやすし稲の花

読経の中亀虫を追ひ払ふ

山畑の年ごとに荒れ草の花

日帰りの故郷暮れゆくつづれさせ

かろがろと雲が雲生み豊の秋

野良猫を草に戻せる野分あと

流木に坐せば旅人雁渡る

鶺鴒は卵の如き石愛す

濁流を見てきて甘き葛の花

色鳥や小銭集めし峠神

茸山だんだん鼻の利いてきぬ

紅葺の紅をくづせば日の陰り

秋深し子らの名前を寝言妻

雄ごころの甲斐の山々鳥渡る

押し合つて硬き変形葡萄粒

目で計り手に確かめて百目柿

柿の皮干したる甲斐の冬はじめ

筆筒の筆のしづもり冬来る

綿虫の次第に松を遠くせり

初鴨や山湖にはかに緊まりたる

梟の夜空を青く広げたり

室咲きの蘭に噎せたる男かな
蔓草のしどろもどろに枯れてゆく

羽音なき虫を遊ばせ枇杷の花

日溜りを広げてをりぬ落葉掻

行く年や草の中より水の音

句集　山河健在　畢

あとがき

本句集『山河健在』は、『爽《そう》』（角川書店刊）、『木《こ》の実《み》』（朝日新聞社刊）、『蛍光《けいこう》』（角川書店刊）に続くわたくしの句集です。この間に、『現代俳句文庫　小島　健句集』（ふらんす堂刊）、『自註現代俳句シリーズ　小島　健集』（俳人協会刊）がありますが、本書をもって第四句集としたいと思います。

　振り返りますと、これまで多くの俳句の深い恩に恵まれ、感謝の気持ちでいっぱいです。わたくしはかねがね俳句には自他を慰め、励ます強い力、言わば「俳句力」があると確信してまいりました。事実、この「俳句力」に、わたくし自身人生の窮地を何度も救われました。その恩返しにも、俳句を多くの人たちと共に愛し続けたいと強く願っております。

　そして、今後も奥深い自然と人間の風趣を詠み続けたいと思います。

　出版にあたり、角川文化振興財団の方々に、たいへんお世話になりました。深謝申し上げます。

二〇二〇年　春

小島　健

季語索引

＊季語の配列は『合本俳句歳時記　第五版』（角川書店編）、『角川俳句大歳時記』を参照しました。句の配列はページ順です。

【春】

時候

［立春］
海牛の角紫に春立てり　四九
立春やゆつくり夜の色となり　五〇
［春寒］
柵に水の揉み合ひ春寒し　一六四
［春めく］
春めくや立飲み酒場早や灯り　一六九
［竜天に登る］
龍天に登るにんげん火を焚けり　五三
［春暁］
春暁や鴉のあとを雀鳴き　一三
［春の暮］
うつくしく火を焚く僧や春のくれ　七七
［春の宵］
春宵の金箔浮かぶ加賀の酒　九八
［春の夜］
春の夜や紫強き海胆の棘　一六四
［朧月夜］
朧夜や明日食はるる貝のこゑ　一六六
［暖か］
あたたかや石臼縁の下を出で　五九
大勢でお墓たづねてあたたかし　九六
あたたかや白く癒えたる鯉の傷　一六五

天文

［春の日］
龍太大人手製の箒春日さす　五四
［春の月］
春の月地震の光陰したたらす　九三
濃き墨に少し水足す春の月　一六九
［春雨］
春雨や灯の揃ひたる神楽坂　五九
［春の雪］
薄紙の中の紅菓子春の雪　一三

余震なほみちのく春を吹雪きけり　五三

地理

[春の山]
慈雨滲みて眠り足りたる春の山　五一
[木の根明く]
熊笹のまた跳ね上がり木の根明く　一二九
[雪解]
雪解川激して夜の迫りけり　一三〇
[薄氷]
うすらひのあをざめて日に流れをり　一二九

生活

[蜆汁]
生者には晩年のあり蜆汁　一三五
[目刺]
酒飲まぬ日を大切に目刺食ぶ　一七
[菜飯]
午後からのしづかな雨や菜飯食べ　一七
[白魚飯]
波音のかがやいてをり白魚飯　九五
[春障子]
鳥ごゑの影に遅るる春障子　九八
雀らのこゑよくまろび春障子　一三一
[山焼く]
山焼くは父焼くごとし大いなる　一二八
[畑焼く]
ランナーに畦火の煙なびきけり　一三三
[踏青]
ギリシャ船沖に動きて青き踏む　九五
[野遊]
男らは手ぶらが好きよ野に遊ぶ　一六
野遊びの終ひは大き月上げぬ　一六八
[摘草]
野に置いてきし摘草の一握り　一六八
[梅見]
やはらかき土に踏み込む梅見かな　一五

行事

[建国記念の日]
建国日海鼠の足を誰か見たか　一四
[雛祭]
少年をたくさん招き雛祭　九一
[昭和の日]

昭和の日空壜吹けばボーと鳴る　二一
[西行忌]
止り木に旅を飢ゑをり西行忌　五〇
日の暮れは道細くなる西行忌　一六三
[龍太忌]
龍太忌の高きを辛夷芽吹きけり　九三
龍太忌の日の強くさす竹箒　一三〇

動物

[猫の恋]
月へ飛ぶ恋猫の胴伸びにけり　一三二
[蝌蚪]
手をすべり落つる重みの蝌蚪の紐　五二
[春の鳥]
沖円く見えてさびしき春の鷹　一六
[百千鳥]
彫像の筋肉溢れ百千鳥　九七
[囀]
大地震に破れし城垣囀れり　一三四
[雲雀]
揚雲雀空の奥にも空のあり　一六七
[燕]
初つばめ地に生ゆるもの柔らかく　一三二
[帰る雁]
行く雁やささくれ立ちし地震の空　五四
[春の鴨]
春の鴨家鴨の餌を食つてをり　一三三
[鳥帰る]
流木を焚く火の色や鳥帰る　一五
白鳥の引いて冷え込む湖のいろ　一二八
[巣立鳥]
ひとときは激しく鳴いて巣立鳥　二四
やはらかに風の押し出す巣立鳥　一七〇
[白魚]
白魚の眼玉最も泳ぎけり　一六五
[蛤]
はまぐりの肉の中より白き蟹　一四
[蜷]
水底に日を入れてより蜷の道　五五
[地虫穴を出づ]
蟻穴を出でて瓦礫の山登る　九四
[蝶]
三月の蝶海光を背負ひ来ぬ　九四
[春の蝿]

春の蝿少し歩けば憎からず　五六

植物

[紅梅]
紅梅や空を流るる水のいろ　五二
[初桜]
初桜真白き名刺交はしたり　一六六
[枝垂桜]
妻入れてより輝けり糸桜　一二
[桜]
遠くまでけぶりて雨の桜かな　五八
遺されし顔集ひたる桜かな　九六
幹に噴く花こそよけれ老桜　一三四
[花]
花どきの枕頭にあり山家集　一九
西行のこゑの暮れゆく花明り　一九
七星の濡れてをりけり花の山　二〇
年々に花の匂ひを濃くしたり　五七
[落花]
蔵王堂の鐘の音より花吹雪　一八
やはらかき草を這ひゆく花吹雪　二〇
花吹雪すなはち詩歌ふぶきけり　五八

[木蓮]
満開の湿り白れん紫木蓮　一二五
[若緑]
三百年旧家につかへ松の芯　五五
少年に雄ごころ育つ松の芯　五六
大仏の胸の広さよ松の芯　九七
[豆の花]
黒豆の花よ丹波の山の影　一七四
[苜蓿]
クローバー坐せば冷たさ広ごりぬ　一六七
[蕨]
今日巡る花の山見て蕨飯　一八
[芹]
風音に暮色はじまる芹の水　五一
[若布]
若布刈舟長棹とんと岩を突き　九二
刈竿を若布の上に舟帰る　九二

【夏】

時候

[初夏]
はつ夏の大橋くぐる鷗かな　一三六
[立夏]
さみどりの蜘蛛透きとほる立夏かな　三
[夏めく]
林立の漁船アンテナ夏めけり　二四
[夏の暁]
夏暁の漁火淡くかたまりぬ　一八〇
[盛夏]
真夏日のどかどかと来ぬ九段坂　一〇五
[大暑]
ペリカンの水噛みこぼす大暑かな　一〇五
[涼し]
鮎食べに涼しき橋を渡りをり　六七
篠竹に涼風の来て人逝ける　六八
涼しさや竹の器の京野菜　一七二
[晩夏]
白樺の幹のささくれ晩夏光　六五
[夜の秋]
なつかしきこと多くなり夜の秋　一四二

天文

[夏の雲]
病む人へ切なく湧きて夏の雲　一四二
[雲の峰]
シャルドネのしづかに育つ雲の峰　六四
[青嵐]
草木に亡き人のこゑ青あらし　二五
沢蟹の浮いて走れり青嵐　一〇三
[梅雨]
あらくさの蔓の遊べる梅雨月夜　六二
[夕立]
鏡中に夕立の来る祇園かな　一七三
[夏の霧]
夏の霧馬の睫毛のぬれてゆく　一七八
[雷]
雷の落ちたる後の真の闇　一四一

地理

[夏の山]
釣人に声かけ夏の山に入る　一七五
[青田]
立山を浮かせる青田一揆の碑　九

生活

[夏料理]
川波の飛沫にこゑや夏料理　六八
[冷汁]
山椒の葉を噛み当てぬ冷し汁　六一
[冷酒]
よき風のあをく暮れゆく冷し酒　六三
冷し酒旅の日暮れを惜しみをり　九九
玉響の御岳の夕日冷し酒　一〇二
雨脚は太きがよろし冷し酒　一四一
漁火を借景として冷し酒　一七九
[洗膾]
あをあをと山のかぶさる洗ひ鯉　一七六
[夏炉]
白樺の薪山積みに大夏炉　六四
[日除]
駄菓子屋の日除いつもの婆がをり　六一
[香水]
会ふたびにその香水の名を忘れ　一二七
[冷房]
クーラーを友とし敵としてをりぬ　一二六
[釣忍]
しばらくは夕日を吊し釣忍　一〇六
[虫干]
ちらと読む母の日記の土用干　一三九
[打水]
打水の走り出したり神楽坂　一七〇
[作り雨]
街音の混じりてゐたり作り滝　一四〇
[花火]
手花火に浮く一族の鼻の形　一四〇
[草笛]
草笛に浅間山は雲を脱ぎにけり　六三

行事

[葵祭]
蚯蚓棄て葵祭の始まりぬ　一七二

動物

[蟇]
土砂降りの泥の中なる蟇の恋　一〇〇
[守宮]
月光に張り付いてゐる守宮かな　一二八

[蜥蜴]
青蜥蜴石を冷たくしてゐたり　一〇三
日の中に蜥蜴の喉の皺ふるふ　一〇四
[蛇]
青大将捕へし網のうねりかな　一〇六
[羽抜鳥]
にんげんを笑ひかへして羽抜鶏　六六
しばらくはつき来る島の羽抜鶏　一七九
[燕の子]
子燕のこの世終りと餌を欲りぬ　一七一
[夏燕]
夏燕明るき雨をかいくぐり　一七三
[鷭]
鷭の子のまたも浮葉を踏み外す　一〇一
[鮑]
鉄鍋を鮑這ひ出づやるまいぞ　二七
[舟虫]
舟虫にその距離確と測られぬ　六七
[海月]
世に疎き男海月に刺されたり　二六
くらげくらげ海を絞りてくつがへり　一七八
[尺蠖]
尺蠖に測られてゐる器量かな　一〇一
[玉虫]
玉虫のごと褒めらるる死後ありや　一三九
[蠛蠓]
蠛蠓を突つ切つて来る子どもたち　六二
[蟻地獄]
ややありて砂のこぼるる蟻地獄　一七七
[蟻]
黒蟻の畳を這へる葬りかな　一〇四

植物

[新緑]
各々の谺にみどりさしにけり　三三
[万緑]
万緑や隠岐牛太き糞なせり　一七七
[緑蔭]
緑蔭に入りて賢き顔となる　一三七
緑蔭の卓布をぴんと白ワイン　一三七
緑蔭を影新しく出でにけり　一七六
[柿若葉]
座敷より柩を出だす柿若葉　二二
[葉柳]

夕ぐれは魚よく跳ぬる夏柳　一三八
[桐の花]
峠淋しや一本の桐の花　一七四
[若竹]
今年竹伸びきはまりて一つ星　二三
今年竹激しき雨を喜びぬ　六〇
今年竹叩くやおうと揺れ返す　一〇〇
若竹の斜めに伸びてぶつかれり　一三六
今年竹青き抜身をしたたらす　一七一
[花菖蒲]
夕ぐれは別の水音花菖蒲　六六
[麦]
追はれたる鶏の突つ込む麦畑　一〇二
[早苗]
浮苗をなほす大股夕日影　六〇
[夏草]
夏草の襲ひてきたり夜の道　一三八
[青芒]
日蝕の始めそよげり青芒　二五
[蚊帳吊草]
蚊帳吊草裂けば涼しく匂ふなり　一七五

【秋】

時候

[初秋]
鳥につき渚歩めり秋初め　二九
[八月]
直立の八月またも来りけり　二八
[残暑]
同姓の墓の大小秋暑し　一四三
青墨を磨つて残暑に抗へり　一四四
[新涼]
新涼や知らぬ赤子を妻あやし　一四六
[処暑]
夕方は草木膨らみ処暑の風　一四六
[秋の暮]
振り返る顔のやさしき秋の暮　三三
[冷やか]
秋冷の川音来る石鼎庵　一五二
[爽やか]
秋爽の風のきれいな神の山　七六

［秋深し］
秋深し子らの名前を寝言妻　一八七
［暮の秋］
白樺の細りゆくなり暮の秋　一一二
［冬近し］
よろづ屋のシャベルを束に冬用意　三三

天文

［秋の日］
秋の日の襞を深むる櫪櫟　一一一
［秋晴］
島七つ誰もが数へ秋日和　三〇
天草の蛸飯旨し秋日和　一四八
［秋の声］
草々の靡きやすくて秋のこゑ　二九
［秋高し］
天高し少し猥らに地曳唄　七一
［月］
家持の詠みたる珠洲の月に酌む　三〇
月の出や棘ある草をやはらかく　七〇
月の出や風止み草木潤へり　一〇九
野に山に兎走らす今日の月　一四八
［秋風］
塩害に伐らるる杉も秋の風　七三
ざりがにの骸を白く秋の風　一一二
秋風の吹き細めたり鷺の脛　一一三
［野分］
野良猫を草に戻せる野分あと　一八四
［台風］
台風の雲の速さよ満月よ　六九
台風過絵踏みの村に星溢れ　一四九
［霧］
人攫ふごと戸隠の霧早し　一一一

地理

［秋の海］
重なりし鳥の足あと秋の浜　七四

生活

［濁り酒］
更けてよりそろと吉野の濁り酒　三八
［猿酒］
猿酒を飲んで山賊踊りかな　一五二
［新蕎麦］

昼酒の長くなりたり走り蕎麦　二一〇
[新豆腐]
竹に降る雨うつくしや新豆腐　七五
[鳥威し]
しまりなき音の交じりて威銃　一〇七
[猪垣]
猪垣の二重に結ひて奥吉野　一五一
[豊年]
かろがろと雲が雲生み豊の秋　一八三

行事

[盆用意]
刈られたる草の香強し盆の道　一四三
[地蔵盆]
灯の入りてより手をつなぎ地蔵盆　七〇

動物

[鹿]
さ牡鹿の入野にこゑをととのふる　六九
鹿の眸の濡れて歌人恋ひにけり　一二三
角切られたる鹿二頭闘へり　一五三
神鹿の糞こぼしつつ餌を欲れり　一五四
[馬肥ゆ]
客待ちの貸馬肥ゆる草千里　一四九
[色鳥]
色鳥や小銭集めし峠神　一八六
[渡り鳥]
雄ごころの甲斐の山々鳥渡る　一八八
[稲雀]
稲雀弥彦山へ夕日散らしけり　一〇七
[鶺鴒]
鶺鴒は卵の如き石愛す　一八五
[雁]
かりがねや淡海に高く風韻き　三二
月の雁淡海は蒼き詩の器　三二
流木に坐せば旅人雁渡る　一八四
[初鴨]
初鴨や山湖にはかに緊まりたる　一九一
[蜂の仔]
蜂の子を食べて銀河を帰りけり　六五
[秋の蝶]
日の当たる草を潜りぬ秋の蝶　一五〇
[虫]
島々は津波に痩せて昼の虫　七二

[蟋蟀]
日帰りの故郷暮れゆくつづれさせ　一八三
[馬追]
馬追のあをあをと鳴き夜がくる　七五
[蟷螂]
蟷螂を摑み少年輪に戻る　七二
蟷螂は腹を重たく飛びにけり　一一〇
[放屁虫]
読経の中亀虫を追ひ払ふ　一八二

植物

[柿]
斑鳩の里の田けむり柿日和　一五三
目で計り手に確かめて百目柿　一八九
[葡萄]
押し合つて硬き変形葡萄粒　一八八
[芭蕉]
寝そびれて芭蕉の雨を聞いてをり　一四七
[鳳仙花]
兄妹のほどよき距離よ鳳仙花　一四四
[冬瓜]
冬瓜汁淡きまじはりこそよけれ　一五一
[糸瓜]
夕風のあをく流れて糸瓜棚　一〇八
[種茄子]
種茄子の尻の貫禄地に遊ぶ　一〇九
[自然薯]
掘り上げし山芋の髯褒められぬ　三一
[零余子]
南無零余子こぼれて土に還りけり　七一
鐘の音にこぼるる山の零余子かな　一四七
[稲]
稲の穂のふくらみ指が覚えをり　一〇八
[稲の花]
稲の花空は朝より青きまま　一八一
ふるさとの人老いやすし稲の花　一八一
[草の花]
父と見しサーカスありぬ草の花　三一
山畑の年ごとに荒れ草の花　一八二
[草の実]
草の実の妻に飛びつくこと許す　一八〇
[芒]
黒牛の胴の輝く芒原　一五〇
[葛の花]

濁流を見てきて甘き葛の花　一八五
［藪枯らし］
うすうすと貧乏蔓花得たり　一四五
［荒地野菊］
日を吸うて荒地野菊や七ヶ浜　七三
［浜菊］
浜菊の茎の強さを恃みとす　七四
［曼珠沙華］
曼珠沙華秩父事件を知らないか　七六
［杜鵑草］
叱られて庭に出づる子杜鵑草　一四五
［茸］
茸山だんだん鼻の利いてきぬ　一八六
紅茸の紅をくづせば日の陰り　一八七

【冬】

時候

［初冬］
柿の皮干したる甲斐の冬はじめ　一八九
［立冬］
筆筒の筆のしづもり冬来る　一九〇
［冬ざれ］
冬ざれの影を持たざる河原石　三六
［冬麗］
元寇の島の石垣冬うらら　四一
ぽと開く埴輪の口よ冬うらら　八二
［冬至］
まつさきに鳥ごゑ暮れて冬至かな　一一八
［年の暮］
捨てられぬ本動かして年の暮　八三
［行く年］
行く年の水音いつか身を流れ　四三
水のごと砂のごとくに年逝ける　一二一
行く年や草の中より水の音　一九四
［短日］
暮れ早し対馬山猫出るころぞ　四二
［寒し］
動く歩道下りてつまづく寒さかな　七八
［三寒四温］
道行きのごとく三寒四温かな　一三
［春近し］
春近し葎の嵩のなほも減り　四八

天文

[冬の星]
冬銀河時間の砂を零しをり　八二
[虎落笛]
旅人に海くろぐろと虎落笛　一〇
[初時雨]
山中の音にはじまる初時雨　三九
花街の灯の入りばなを初時雨　一二八
[霜]
韓国の酒の濁りも霜夜かな　一〇
父と子の会話濃くなる霜夜かな　一二
[雪]
あららぎを含めば飛騨に雪来るか　八八
裏山に雪の来てをり朴葉味噌　八八
あをあをと雪の翳踏む雪月夜　九〇
ふつくらと豆煮あがりぬ夜の雪　九〇
朝市のまづは新雪踏み均す　一二五
[雪晴]
雪晴の中へ柩の浮きにけり　一二六
[吹雪]
みちのくの地吹雪月を呑みにけり　九
[雪起し]
ふるさとに叱られに来ぬ雪起し　二
喪の家の鶏の駆けだす雪起し　一二七
[冬霞]
甲斐と諏訪結ぶあたりの冬霞　三四

地理

[冬の山]
餺飥を吹けば輝く冬の山　三五
一瀑の一刀となり冬の山　八〇
雪山へ響く新嘗祭の笙　一一九
雪嶺の呼び合うてよりまかがやく　一二〇
雪の嶺々奥のもつとも輝けり　一二一
[枯野]
リア王の嘆き枯野の奥に聞け　三六
[冬田]
亀石の瞼の厚き冬田道　一五五
[冬の泉]
勤勉な我が居るなり冬泉　四〇
[冬の水]
夕ぐれは過客のこころ冬の水　四〇
[初氷]

武蔵野やあをき草噛み初氷　九九
[氷柱]
崖氷柱厚きところの青まさり　一六二

生活

[柚子湯]
飛び上がる柚子また沈め冬至風呂　一一九
[蒲団]
干蒲団打つて日本の午後となる　七八
[餅]
豆餅をふうふう吹いて妻の国　三
[牡丹鍋]
猪鍋や黒々と山のしかかり　三七
猪食つてにはかに真闇来りけり　三八
[蕪蒸]
雪になる雨を聞きをり蕪蒸　八九
[雪掻]
除雪車の吹雪を照射して進む　一六三
[焚火]
お逮夜の生者へ焚火爆ぜにけり　三九
[蓮根掘る]
青空にずぶと踏込み蓮根掘　八一
[縄飛]
縄跳びの大波に入る夕日かな　一五七
[咳]
夕雨に消ゆるしはぶき官庁街　七七

行事

[波郷忌]
波郷忌の夕べ澄みくる楢林　三四
波郷忌といへば綿虫深大寺　七九
波郷忌や大榾焚いて我ら酌む　一五五

動物

[冬眠]
冬眠のさぞ美しき蛇の舌　三七
[冬の鹿]
薄き斑を日にあたたむる冬の鹿　一五四
[鯨]
夕星や鯨ぶつかる音したり　一一
[冬の鳥]
くらがりの神事は進む冬の禽　一三〇
[梟]
梟の首が回れば顔戻る　一五六

梟の夜空を青く広げたり　一九一
[都鳥]
流れ着くものをまたいで都鳥　四一
[鶴]
次々と着地の田鶴のはづみけり　一二五
見張り鶴やうやく餌を啄めり　一二五
鳴き交はす鍋鶴暮色早めたり　一二六
鶴唳の塒を月ののぼりけり　一二六
[白鳥]
白鳥のこゑを汚して餌を欲りぬ　九
白鳥の柩の上を鳴き交はす　一三六
白鳥の雪に紛れぬ声発す　一三七
[鱈]
大鍋の鱈汁噴けり日本海　一五七
[鮟鱇]
何ぞ飛び来る鮟鱇の吊し切り　一一七
[海鼠]
酢海鼠の青光りして夜に入りぬ　一一七
[牡蠣]
牡蠣啜り心身やはらかくなりぬ　一五八
[冬の蝶]
凍蝶の歩き尽せぬ日向かな　四八
[冬の蠅]
日の当たる畳を舐めて冬の蠅　一一四
[綿虫]
先がけの綿虫青き瀞の上　七七
綿虫に青き夕ぐれ深大寺　一一四
綿虫の翅透き通る綿の上　一五六
綿虫の次第に松を遠くせり　一九〇

植物

[枇杷の花]
羽音なき虫を遊ばせ枇杷の花　一九三
[室咲]
室咲きの蘭に噎せたる男かな　一九二
[落葉]
日溜りを広げてをりぬ落葉掻　一九三
[枯蔓]
蔓草のしどろもどろに枯れてゆく　一九二
[冬枯]
枯桑の瘤を過ぎゆく光かな　三五
枯紫蘇を撫づれば香り返しくる　八一
[水仙]
水仙のかたまつてゐる日差しかな　四九

水仙花遠き日月澄みきたる　九一
[蕪]
赤蕪に雪の飛びつく飛驒訛　八九
[枯芒]
風向きの固まつてゐる冬芒　八〇
[石蕗の花]
石蕗の花明りを辿り曾良の墓　四二

【新年】

時候
[正月]
いづくにも和紙の白さやお正月　八七

生活
[買初]
買初や弾力強き筆選び　八
[年酒]
年酒酌む李白も杜甫も来りけり　一六一
[花弁餅]
妻と買ふ花びら餅よ細雪　八七
[歌留多]
法師らと恋の歌留多を争へり　四七
[福笑]
目隠しの眼がさまよへり福笑ひ　八

行事
[初詣]
日本の屋根美しき初詣　七
ごく小さき社に妻と初詣　一六一
[成人の日]
これはまた成人の日の吾子の髭　四七
[餅花]
繭玉の店の奥にもしだれをり　一六二

動物
[初鶏]
初鶏の長鳴き越後一宮　一三五
[初鴉]
夕されば常のこゑなり初鴉　七

著者略歴

小島　健

こじま・けん

1946年新潟県生まれ。石田波郷門・岸田稚魚、角川春樹に師事。「河」同人。公益社団法人俳人協会常務理事、公益社団法人日本文藝家協会会員、学校法人NHK学園専任講師。

句集に『爽《そう》』(角川書店)、『木の実』(朝日新聞社)、『蛍光』(角川書店)、『小島健句集』(ふらんす堂)、『自註現代俳句シリーズ　小島健集』(俳人協会)。

著作に『大正の花形俳人』(ウエップ)、『いまさら聞けない俳句の基本Q&A』(飯塚書店)、『大正俳句のまなざし』(NHK出版・NHKラジオ講座テキスト)、『はじめておぼえる季語100』(NHK出版)、『添削で実践　はじめての俳句づくり』(学研教育出版)、『俳句練習帖』(NHK出版)。

これまで「毎日新聞」「東京新聞」の俳句時評、「NHK俳句」等連載執筆。NHK「俳句さく咲く!」に通年出演。俳人協会新人賞、角川春樹賞等受賞。

句集　山河健在　さんがけんざい

河叢書第300号

初版発行　2020年6月15日

著　者　小島 健
発行者　宍戸健司
発　行　公益財団法人 角川文化振興財団
〒102-0071　東京都千代田区富士見1-12-15
電話 03-5215-7819
http://www.kadokawa-zaidan.or.jp/
発　売　株式会社 KADOKAWA
〒102-8177　東京都千代田区富士見2-13-3
電話 0570-002-301（カスタマーサポート・ナビダイヤル）
受付時間　11時〜13時 / 14時〜17時（土日祝日を除く）
https://www.kadokawa.co.jp/
印刷製本　中央精版印刷株式会社

落丁・乱丁本はご面倒でも下記KADOKAWA読者係にお送り下さい。
送料は小社負担でお取り替えいたします。古書店で購入したものについては、お取り替えできません。
電話 049-259-1100（土日祝日を除く 10時〜13時 / 14時〜17時）
〒354-0041 埼玉県入間郡三芳町藤久保550-1
 ISBN978-4-04-884361-4 C0092

角川俳句叢書　日本の俳人100

青柳志解樹
朝妻　力
有馬朗人
安西　篤
伊丹三樹彦
伊藤敬子
伊東　肇
井上弘美
猪俣千代子
茨木和生
今井千鶴子
今瀬剛一
岩岡中正
尾池和夫

大石悦子
大牧　広
大峯あきら
大山雅由
小笠原和男
小川晴子
奥名春江
落合水尾
小原啄葉
恩田侑布子
甲斐遊糸
加古宗也
柏原眠雨
加藤憲曠

加藤耕子
加藤瑠璃子
金箱戈止夫
神尾久美子
九鬼あきゑ
黒田杏子
小島　健
阪本謙二
佐藤麻績
塩野谷　仁
柴田佐知子
柴田多鶴子
小路紫峡
鈴木貞雄

鈴木しげを
千田 一路
高橋 将夫
田島 和生
棚山 波朗
辻 恵美子
坪内 稔典
出口 善子
手塚 美佐
寺井 谷子
名村早智子
鳴戸 奈菜
名和未知男
西村 和子

能村 研三
橋本 榮治
橋本美代子
藤木 倶子
藤本安騎生
藤本美和子
文挾夫佐恵
古田 紀一
星野 恒彦
星野麥丘人
松尾 隆信
松村 昌弘
黛 執
岬 雪夫

三村 純也
宮田 正和
武藤 紀子
村上喜代子
本宮 哲郎
森田 峠
山尾 玉藻
山崎 聰
山崎ひさを
山本 洋子
柚木 紀子
依田 明倫
若井 新一
渡辺 純枝
ほか

（五十音順・太字は既刊）